歌集

水湧くところ

永良えり子

砂子屋書房

*目次

I

II

装本・倉本　修

歌集　水湧くところ

I

杏子

御雑煮をととのへしあとの俎板に花形人参の切れ端残る

今年また友が呉れたる火伏札「火迺要慎」を去年《こぞ》のに重ぬ

トラックの小さき荷台にかたちよき大松一本括られて過ぐ

やうやくに芽の出できたる鈴蘭を石置き標《しる》す踏まざるやうに

西班牙《スペイン》に選びし器青と黄とふたつをならべヨーグルト盛る

文豪の姿絵かかげ四十年〈コンディトライ・ゲーテ〉店をたたみぬ

うす墨の色なす太き鯉泳ぐ藻器《しやうけ》堀川《ぼりがは》水湧くところ

家家が寄りて暮らしの道狭し井手を覆へる石蓋の列

わが犬の骸が埋まる土の上《へ》の利休梅咲く花しろじろと

重なれる皮を剝ぎとり茹で上げし筍しろく鍋に浮きをり

木にのぼり腕《かひな》を伸ばし杏子捥ぐ籠は杏子の色に充ちたり

台風に竹の折られて竹叢に隙が生れたりあをぞら覗く

無住の寺

栄西が創建をせし聖福寺茶の木植ゑたり証《しるし》程度の

聖福寺塔頭ありて無住なり入りて可《よ》しとふ紙を戸に貼る

禅僧の墓が並べる卵塔場仙厓の塔に黄菊を供ふ

行き難き国東の里と思ひしが舗装道路は仏ら繋ぐ

国東の天台寺院両子寺《ふたごじ》の庭に干さるる大粒の梅

冷夏にて乾き足らざる梅の実が並べられをり初秋の庭に

国東の寺に流るる川の音に金田一春彦は父を詠みにき

小さき堂対称形を保ちたり六郷満山晩夏の富貴寺

「ほとけの里と相良の名宝」展

山深き球磨《くま》に残れる古代仏彫り巧なる蓮華座に立つ

尾花なく団子もなしに旅先のホテルの窓に名月を愛づ

小旅

通ひ来る鶴の一生二十年出水の人はこの子らと呼ぶ

雨とぎれ出水平野に虹かかる　下向きて鶴はただに漁りす

二万個の酢の壺を置く畑にも山の鶯鳴く声とどく

太宰府に襲名記念の芝翫父子四人して梅のひともとを植う

鳥居わきに数百年経る樟の空洞《うろ》ある幹は注連縄巻かる

松山

子規の日記「牛乳五勺ココア入り」菓子パンの絵には色彩添へて

白壁に鏝絵の金魚身の厚く柳井日日新聞社屋

幼き日耳に覚えし笠戸丸ブラジルへ移民運びきと聞く

停車せる車体輝くななつぼし鏡のごとくホームを映す

大都会離れて久しき吾を乗せ新幹線は新神戸過ぐ

北海道

その昔異国《とつくに》なりし湿原に吹く風寒し夏終はるころ

啄木が釧路に居りしは七十余日歌碑あまたあり展示館あり

破れたるも捨てきれず持つ文庫本われに釧路は兵藤怜子

『挽歌』

鉄道の撤去されたる駅ありて繰り返し鳴る松山千春《ちはる》の歌が

着たる衣《きぬ》脱ぎ去るごとく摩周湖は水面にかかる霧をはらへり

葬る

点滴の母を載せたるストレッチャー死にゆく父のベッドに並ぶ

死の間際父が託せし鯉死にき網に掬ひて庭隅に埋む

浅蜊貝砂を吐きゐる声のするここにも真夜を眠らぬがをり

「空」「不」「無」を説きたる寺の宿坊に伊万里大壺飾られてあり

父の遺影ラフに過ぎると憎嗤ふ釣りのベスト着て笑まひてゐるを

焼かれたる白骨は台に据ゑられて縁者の視線に恥ぢらふごとし

土葬する習ひはやさしと思ひつつ焼かれし母を収骨したり

亡き母の戒名「智月慈影」にて俗名京子がはつかに光る

暗闇に母が待つかと錯覚すハンガーに掛かる形見のコート

父死んで叔父叔母死んで母死んでフーガのやうに法事は続く

供花

白瓶《はくへい》に秋明菊が活けてあり明恵上人樹上図の前

一神を信ずることが清きとぞ聞けり聖書の研究会に

親指を隠して柩車をやり過ぐす習ひをもはや必要とせず

姑《はは》の逝き同僚《とも》が逝きたり春二月彼岸と此岸は近しく距つ

院殿号もつ戒名は長くして葬儀に司会のいくども途切る

葬式は不要と信ぜし日のありて伯父の骨をば拾はざりにき

形見とて貰ふ『別冊太陽』は子規の絵載する俳句特集

二年経て大祥忌とぞ人のよぶ法要済みて濃き茶を啜る

供花ある墓を数へて歩みゆく一日遅れの彼岸参りに

病床の父喜びし黄の色のプリムラ供ふ忌日に夫は

非正規

キャンパスの櫟の幹に括られて職員組合の旗竿が立つ

非正規の被用者としてキャンパスを歩く卒後の三十年を

看護師と介護士の「し」はなぜ違ふ留学生が吾に問ひ来る

おほかたはスマホと書きて或るときはスマートフォンと書かるる機械

改訂をされし日本語教科書に「おもてなし」入る五輪を前に

教室に被爆者追悼サイレンが響くをアジアの学生と聞く

備品なる電子黒板使へとぞ会計検査を前にし言はる

渋滞にハンドル握る手を止める　遠阿蘇のそら月は残れり

橋渡りT字路を右折することの少なくなりぬ職退きてより

去る人へ贈る色紙に餞の言葉は下から埋められてゆく

町名は黒髪なれど大字の宇留毛《うるげ》を冠す公民館は

霧ふかき朝の太陽ま白きを車の窓に伴ひて行く

シャツの背に「一音入魂」の字を見せて高校生は自転車に過ぐ

鉛筆

若きらに交じりて履歴書を記したり職歴欄は少し端折《はしょ》りて

手のうちに隠るるほどの鉛筆を握りネパールの青年が学ぶ

ネパールの学生たちはＣＤの楽に踊れり鶏を揚げつつ

教師らが焼きてふるまふニッポンのお好み焼きは皿に残れり

国で待つ妻と赤児を思ふらむ調理の合間に写真見せ呉る

つねは皆われがちに語る生徒らもいまは黙せり地震《なゐ》起きてより

ネパールの地震に話題が及ぶとき睫毛の長き彼の眼潤む

故郷の地震のあとの疫癘《えきれい》を真白なる歯を持つ人が告ぐ

熊本は貧富の差なきが良しと言ふバンダリ君の日本語スピーチ

熊本地震

熊本、二度の大地震に揺る

眠剤に真夜を眠るに大地震われを襲へりよろぼひて起く

空《から》容器持ち避難所の列に入る列の先には水道蛇口

門口に積みたる瓦礫見やりつつカセットコンロに昼餉をつくる

用足すに柄杓をもちて水流すカンボジア旅行になしたるやうに

頻り飛ぶヘリコプターは校庭に描くSOSを撮るらむ

町内の人と出遭ひて挨拶もせず知らせ合ふ配給の多寡

傾きし家屋点検する二人巻きたる腕章に千葉県とあり

どら焼きの餡うまかりき地震見舞贈りくるるを貪り喰ひき

大地震に遭ひて七月《ななつき》実りたる葉つきの蜜柑届けくれたり

被災せる土壁の家解かれたり今朝つゆぞらに金峰山見ゆ

トラックが震災による廃材を載せて往き来す臭ひ伴ひ

綱張りて危険の札を下げし家跡形も無し椿は咲けり

通勤のバスより見えし家解かれ湾曲したる小路あらはる

再建のいまだなされぬ空地より子猫の声す霙ふる夕

崩落の橋を迂回しバス走る小沼に浮かぶ鴨を見せつつ

この夏の暑さ異常を言ふテレビまたかと聞きすて茶漬けかきこむ

ごみ置き場もはや高々積むを見ず地震に遭ひて住人去れば

薔薇窓

独唱に聴けるロシアの鶴の歌ああああああと母音迫り来

待ち針の色明るきが針山に刺さるを描きしフジタの小品

薔薇窓の色は少なし十字なす玻璃より黄なる光がそそぐ

縁ありて合唱団に加はりしわれはヴォーリズの教会に立つ

世界史の一五一七年は五世紀を継ぎここにてもルターを祝す

木製の分厚き額が絵を囲むルオーの黒き線に負けじと

ユダの木といふ名をもてる花蘇芳ルオーは樹下に裸婦を描きし

ステージは暑からむチェリスト宮田大《だい》黒きハンカチに額を拭ふ

鬼平はここで撮つたと教へられ歩く八幡堀の橋の下

近江なる日牟礼八幡宮参道にバウムクーヘン売りて賑はふ

旅　券

菊紋の日本国旅券を首にさげTシャツの下に潜ませ歩く

タブレット覗くばかりに我が眼にてアルハンブラ宮殿直《ぢか》に見ざりき

施《シー》さんが父に宛てたる航空便蔣介石の切手を貼りぬ

「中古胎」とふ看板を掲げたる店はバイクのタイヤを積めり

エジンバラ駅頭に聞くバグパイプ「蛍の光」に歓迎をされ

インドにて求めし数珠の糸切れて数珠玉零る仏壇の前

ポルトガル・ブサコにて

大戦のころはスパイの居りしとふホテルは古びあぢさゐの咲く

ポルトガル古地図に大きく描かれたるカーボベルデは小さき国なり

ジロー

臨海の街に高架を見上ぐればモノレール過ぐビル擦るがに

高僧は散華をしつつ経を読む年改まる夜の芝増上寺

師を囲み同級会を始むるにまづは早世の友に杯挙ぐ

金曜の夜を岩波ホールに見る映画わかきマルクスに席は埋まらず

級友と連れ立ち入りき御茶ノ水茶房ジローに校服のまま

結婚し改姓するを疑はず懸想せし名を語りき十代

国電と呼びにしころの心もて水道橋のガードをくぐる

零細の企業犇めく首都にして皇居に隣る地に父ありき

飯田橋

電車へと乗らむとするに隙広く跨ぐは怖し吾老いづきて

年経れば同期会にて語らへり高校時代に黙しゐしこと

相年に吾と同名多くあり戦後のラジオにドラマ流れて

本門寺脇より坂をくだり来て右に見えたり元日の富士

富士山に雪形残るを農馬とぞ呼びて仰げり麓の人は

青　柿

「一年で売つてみせます」とぞ力《りき》む不動産屋の女主人は

カーテンを外す押入れ開け放す裸を晒すがに売る家を見す

売る家の各所を撮すウェブサイト父母つかひ来し便器も載れり

わが売家「お気に入り」へと入れくれし昨日九人が今日は四人に

仰向けに混凝土に墜ちし蟬余命わづかを昼の陽が灼く

仏壇のある部屋はさみ右左《みぎひだり》父母それぞれに寝起きせし部屋

終の日の来るを想はず父母とわれ毎夜眠りき襖へだてて

お隣の子らは記憶する犬の名にマークの家とわが家を呼ぶ

葦北《あしきた》の深き山より取り寄せし大き庭石地震に割るる

熊本県葦北郡は父の故郷

父母住みて四十年を経し家の鉄の門扉は赤錆が浮く

家族ある若き買ひ手のあらはれて売れぬ家持つわづらひは消ゆ

明日には更地に変はる庭に立つ柿の木おもく青き実を垂る

蚰蜒

目瞑りて父の日記を破り捨つ死の際までもわれら諍ひき

古文書を茶箱にしまひ備へたる父は大地震に遭はず逝きにき

貯へをなさずに死にし父母は数多の釣り具と煎茶器を遺す

古畳這ふ蚰蜒《げぢげぢ》を手にとりて絵本の画家は庭へと放つ

親の家に置きたるままに別れ来ぬ高橋和巳、柴田翔など

密造と笑ひて母のつくりゐし果実酒の罎が床下にあり

春蘭の咲かむとするを庭面より掘り上げ大き鉢に植ゑ換ふ

遺されしノートの端に俳句あり夜寒に耐ふる吾が知らぬ母

バーナード・リーチをまねて素人の母の焼きにし水差重し

遺作展果てて貰はれゆく皿や手捻りの壺をカメラに収む

病院に背曲がる媼を庇ひゐる女は彼《か》の日の私ならむ

春蘭

沖縄の友たづね来て一句なす吾の培ふ淡紅侘助

雑木に混ざれる古き梅の木に熟るる実は見ゆ風の吹くたび

わびすけの木下に放られゐし鉢に花立ち上がる父の春蘭

実の太り甘夏柑は枝を垂る腕を伸ばさず捥げる位置まで

カーテンを引きたる音に鵯は素早く離る水盤の縁

赤芽芋包丁当てて皮剝けば手に湿りたる土の香うつる

処方されし漢方薬の弟切草《おとぎりさふ》平安時代の血のにほひせり

茎の伸び穂は傾ぐなり猫じやらし語らふさまに風にそよげり

蔓さきに触角もつごとクレマチス格子摑みて這ひのぼりゆく

水の辺の闇に光を追ひかくる小犬の目にも蛍は飛べり

益田にて

縞模様なす石ひとつ拾ひあぐ波の寄せくる三里ヶ浜に

カップヌードル

出されたる菜《さい》それぞれのカロリーの数字を挙げて友は食せり

焼き締めの皿に載れるを取り分けて箸に重たき玉子焼き食ぶ

焼きたての塩パンを買ひ助手席に置けば香りが空間充たす

金色を縁に廻らせ日清のカップヌードル容器明るし

豆腐屋の老舗たしろ屋店頭におからが並ぶ「白雪」の名に

豪州より来たる女性はヴィーガンなり煮〆や海苔を旨しとて笑む

吾が訪ふを祖母待ちくれき手作りの団子《だご》をカカラン葉つぱに包み

一の井手

あらはなる老木の根は蛇のごとく漱石旧居の庭を這ひゐる

全区画南向きとぞ謳ひたる墓売り出しの石屋のポスター

清正の築きしといふ用水路いまに残れり井手と呼ばれて

大井手を分かれて流るる一の井手暗渠ともなり明渠ともなる

タクシーに「どぶ川沿ひ」と告げたれば石蓋鳴らし暗渠のうへ行く

キーウィの棚ありし跡に狗尾草《ねこじやらし》揺れてゐるなり売家となりて

胡蝶蘭ロビー狭しと並ぶ見ゆ新装なりたる医師会館に

都鄙といふ語をもて比ぶるむなしさよ通《とほり》町《ちやう》筋《すぢ》電停の前

花抱へバス待ちをれば空車なるタクシーが過ぐ速度を落とし

外来の人も行き交ふ病廊に画学生描く小品ならぶ

連休の最中冊子をかかげ持ち宗教伝道に戸口訪ふ人

朗読に繰り返し聞くトドォォカガァァ遠野物語の父さん母さん

購へど江馬細香伝読まずして本棚の隅に三十年あり

訪ふことも訪ひ来る人もなき年始　夫と対ひて御節をつつく

分筆を重ねて主の知れぬ地に老木ひと木《き》白き梅咲く

II

八月

ふるさとと呼びうる街の思い出には破産の父の憂き顔混じる

擂鉢を置きて大豆を擂り潰す肝病むひとに呉汁《ごじる》炊かんと

日向ぼこしながら吐露するくさぐさを受け容れくれし太き辛夷よ

朱を黒で塗り重ねたる油絵にタイ人画家は「日本」と名づく

フルーツに例えてみればマンゴーの熟れの極みか井上陽水《ようすい》唄う

余呉の湖は八月の陽にかがやきて想い描きし色と違えり

銅版画

立方体《りっぽう》の箱を開くれば金色堂模したる鉄の風鈴出で来

対峙する距離心地よし根子岳は確《しか》と台地に屹立をせり

銅版画家浜口陽三の彫りしがに阿蘇は煙れり黄砂の降りて

履歴書に書かるる文字と文字の間《かん》その行間を人は生き来し

平凡に居ることの楽　非凡にて生きてゆく快　天に委ねる

素直だということは時に易きかな頭を垂れて「はい」と答うる

怒るごと震え止まらぬ二槽式なる洗濯機脱水のとき

乾燥のモズクの封じ込められし即席スープに熱湯かくる

一本の電話貰いてその後は躰弾みて街を歩くも

混み合えるバスに座席を譲り合う老の二人を見ており吾は

川岸のウォーターレタスに首入れて鴨は啄む流れながらに

一日が終ればば捨つる視力なりワンデイ・コンタクトレンズを外す

亜米利加

マイナスの計算できぬ生徒らが残され受けし授業の記憶

亜米利加という国ありて日本の米はいつしかコメと書かるる

白地図を塗りて覚えし山や川そは変わらねど　つくばみらい市

清掃は清掃会社に委ねられ職場にわれの箒持つなし

ベランダの竿いっぱいに陽は届く病みたる人の洗濯物に

疎ましと思い避けきし親族とああ懇ろになりて老いづく

父母の介助を終えて帰りみち夫の好める海鼠を買えり

座席ほぼ満たしてバスは出発す定刻よりも少し遅れて

クリスマス近づき来れば牧師さん青き電飾寒しと嘆く

カナダ産黄粉まぶして喰らう餅大豆は自動車動かすらしも

ブラームスの交響曲の第一番つんのめるがにチェリストは弾く

長酣居

その声の濁りて低きが録音機通すに濾過され澄みて出て来る

長酣居主人は庭に米撒いてアッシジの聖人真似ているらし

長酣居なる本棚の一隅に松下竜一『ウドンゲの花』

ルイさんは大杉栄の遺児にして恨多かりき七十四年

ルイさんの薦めてくれし新聞は豊前中津の「草の根通信」

ガリ刷りの〈べ平連〉ビラ一枚を渋谷駅にて受け取りし夏

隈取の歌舞伎の面を想わせてグロリオーサは何に怒れる

「家の光」

東京都新宿区にて生まれたる農の雑誌が届く列島

「牙」の字を四股名に持てる力士あり白星よりも黒星多し

柱打つ二人の大工槌音の時おり和せり主あり従あり

部屋一つ足すに幾たり職人《ひと》の来る寡黙屋根葺き陽気左官屋

雨の日に届きし雑誌雨水を含みて撓み戻ることなし

空き地

主なき庭に黐の木赤き実をあまた付けたり冬青と呼ぶ

尿する老犬の綱引く手にも寒満月の光は届く

道すがら覗く塀内黄の色に熟るる柑橘冬の陽を浴ぶ

老犬に遣りしパンから零れたる屑を続々蟻運び行く

飼い犬に竹輪ひと切れ分けやれば前足つかいて土にし埋む

老犬の土間に顎載せ寝入りしが時に動くは夢見ていんか

脊椎を病む老犬はベランダに眠る今宵もタオルを嚙みて

極楽の楽と名付けて十八年生きたる犬のさらばいて死す

その足に吾のハンカチを結びやり花に満たして犬を火葬す

この空き地好んで脱糞したるよと思いては過ぐ飼犬死して

餌をあさりいたる鳩らは群なして雑木林の落葉を踏めり

雪

白花のたんぽぽ追いて異国にて根を張り黄なる蒲公英咲けり

アラビアゆ来たる青年ジャミール君漢字の名を欲る扨て「ジャ」なる字は

コンゴから来しアニファなら問うだろう「雪白きが故に神々しきか」

学ばんと若ものアフリカより来たるアクラ、ヤウンデ、ダラエスサラーム

自転車を漕ぐカピル君は印度人背に大阿蘇のよく似合います

実物のゲバラの写真より甘くベニチオ・デル・トロ銀幕に笑む

映画「チェ　28歳の革命」を見る

ハチドリ

タイ・バンコクにて

ホテルより見下ろす位置に小学校タイの子供ら樹下に学べり

エジンバラ郊外にある博物館《ミュージアム》に炭もて熱せるアイロンを見き

メキシコにて

カトリック聖母被昇天節の行進に先住民族あまた集えり

破れたる日傘かざせる人もあり被昇天節行進の群れ

幸福を呼ぶと言わるるハチドリの籠吊りてあり民家の軒に

人載せて丘登るインド象のあり動物園にて暮らす象あり

北京には天安門に地安門、天壇ありて地壇なおあり

寧波の山の古刹の門前に竹の子売らる皮を剝かれて

中国のヨーグルト即ち酸奶《スワンナイ》小さきストロー挿して啜れり

境内の隅に集いて伝統の刺繡をしおり女ら笑いて

新たなる旅券よ吾を何処へと運びくるるか今年より十年

伽羅蕗

背曲がる前の暮らしに母乗りし自転車が今日貰われてゆく

病みて臥す母の傍えに伽羅蕗を相伴しおり茶漬けにのせて

耳裏が痒いと言える母の頭《ず》を洗いてやれり髪まだ太し

老母の部屋なる棚に並びたる写真また増ゆはらから死して

母さんのこの細き足真夜中の北緯三十八度越え来し

老親が眼鏡購えりこの先の短からぬこと念じながらに

夢のなか甕棺ありて吾の知る人が屈みてそこにいるなり

田鶴子とう大叔母ありき一万羽鶴渡り来る出水平野に

やがてはや限界集落となる里の傍らを過ぐ新幹線が

老親の介護ひき受けたる母の読みにし本を今吾が読む

高校を替われと言われたる吾を守りて母はそを拒みにき

乗り継ぎて通学なしき〈三の橋〉三十四番都電は消えつ

生野銀山

繕いも洗濯もせず来し男昭和一桁いま家事を為す

二時半に起き出す父が八時まで寝ている母を今日も責めいる

老いて父母仲良きことなし夕されば部屋の灯《ひ》点す刻を採めおり

老妻を制して老夫が語るたび介護士の目はその嘘捉う

癇癪を起して〈キレる〉爺さんよ今日の相手は野良猫ですか

病持《やみ》たば人はやさしく接し呉る寂しさ託つ父が病を欲る

街住みの老いたる父は父祖の田を僅かの金に手放したりき

玄米を精米機械に入れたれば忽ち白の輝き出で来

播州に永良神社といふありて訪ねゆきたり親伴いて

日の暮れて生野銀山坑内の人形たちが息吹き返す

ぐるぐる

お隣の白梅今年はまだまばら　爺さま婆さま病み伏しており

猿沢の池に重なりて亀ら棲む「亀泣く」とうは春の季語らし

革靴の重きを脱げば芝草がはだしの足の裏を擽る

植木屋の言うとおり辛夷傷めれば十年経ちて花芽はつきぬ

溶雪剤撒かれし畑に条《すじ》なして石狩平野小麦の芽生ゆ

天草に生まれし色白パール柑香り爽やか人なら惚れん

その肌の白く滑らかに藪なかの椿の幹は緊りて立てり

この世には未来持たざる人はなし小鉢に一文字《ひともじ》の〈ぐるぐる〉を盛る

放られし鉢に球根眠りいてしかと上向きムスカリ咲けり

生垣の柊刈られお隣りの庭が見えます犬が三匹

抱えきれないほど花を贈られて夫職退《ひ》く二年残して

校庭ゆ舞い上りたる土埃遠き黄砂の混じりていんか

檸檬

カタルパの花は撓わに柿の木の花は秘かに咲けり同時に

多年草まめ科眩草《くらら》を食いながらオオルリシジミ阿蘇の野を飛ぶ

被りたる麦藁帽子の飛ばされてここ井手沿いの風通う道

皮厚き檸檬半分凸起せる硝子器に当つ汁を搾るに

富本憲吉

五弁なる定家葛を四弁に変えて連続模様の皿成す

絡み合う蔦に朝顔、アブチロン、蔓断ち切れば土に陽の差す

一番の美しき顔見てくれず今日も夕顔拗ねて花閉づ

高野槙手入れしている植木屋さんその足菊の茎踏んでるよ

腕の立つ植木屋〈岡康〉八十歳高き樹の枝届かずなりき

またの名をアメリカキササゲ新島襄の持ち帰りしが黄葉なせり

醤蝦《あみ》

藻のなびく浅き井手へと脚を入れ二羽の白鷺餌漁りおり

表紙絵に見るごと番の鳥がいて花水木の実啄む日暮れ

咲き終えし小花の道に広がりて木犀の香の後から追い来

火山灰受けて育ちし唐芋にブルターニュ産の粗塩振れり

無為徒食とぞ言わば言え吾は食う御飯に醤蝦《あみ》の佃煮載せて

祖母の居て広き縁側に梅乾せり吾は鶏頭を「毛糸」と聞きき

放られし園芸店の百日草枯れんとするを蝶が蜜吸う

萎れたる秋明菊に水を遣る華奢なるいっぽん鉢に植われば

きのこ入れビーフシチューを煮ています日本脱出の夢は潰えて

山深き榾木に生るる椎茸はその身に重き湿りを持てり

咳

巨象らの高らかに鳴くその声を〈トランペット〉と英語に言えり

陰湿の森に生れにし椎茸の乾されては化す高級品に

情熱がないよと君は吾に言う外は大雨稲妻光る

駄洒落混ぜながら笑えと言い合いてこの世の暗さを追い出すならん

トイレットペーパー引くにそれぞれに引きの強さの異なりてあり

日本語の授業がうまくいかざるを互になぐさむ北向く講師室《へや》に

客無くもパーマ屋に下がる「営業中」出窓の鬘は埃を被る

パチンコ屋跡地に高きビルの建ち学習塾増ゆ駅前通り

釜飯が、ピザが、お寿司が、バイクにて配達さるるマンション正午

金糸なる菊に桜の紋が浮く護国神社の御守袋

長距離も市内路線もエンジンの同じ音たてバス出発す

信号にバスは止まりてエンジンの切られ車内に咳《しわぶき》一つ

酒杯

小倉なる鷗外追いし青年を追いたる清張そを追う新聞

邪魔になる枝葉落として大輪の花咲かせしと誇る人あり

どの方《かた》が如何なるときに付けにしか銀のブローチ、バザーに並ぶ

映像に初めて知れり楽団の指揮者の指より音の生《あ》るるを

自慢めく話をして来し口中に汁粉の甘さはしばし残れり

焦点を二つ持ちたる楕円にて力の多寡もあらず安らか

式場に新郎新婦の名はなくて二つの姓のみ記されてあり

がったんと路面電車は城下ゆく漱石八雲の明治拾いて

食料の貯蔵庫描きしフェルメールかくなる場面を歌に詠みたし

足長きボヘミアンガラスの酒杯が地震多き国の棚に並べり

長月の風

本妙寺前の電停三人《みたり》降り三人それぞれ参道目指す

嘉永五年と彫られし墓のその下の土葬の骸如何になるらん

文政に生れて明治に死せる女人骨壺開くれば太き骨あり

古寺に坐禅を組めば開けられし窓より入る長月の風

寺に来て坐禅組みては帰りゆく子を亡くしし人病み持てる人

鞠智城築きし人は渡来人か身に付けたりし小さき仏像

不思議なる七とう数よ暦にも七つかぞえて来る安息日

教会の降誕祭に集い来る人の一年等しくあらず

カッチーニ、モンテベルディの〈アベ・マリア〉異教徒われもその楽譜持つ

憑きものを落とす如くにその男しつこくしつこく顔洗うなり

臨済の僧曰《のたま》わく捨てちゃえと日日《にちにち》は是好日《これこうにち》たるに

雨吸いて若葉重たくなりし枝歩める吾の前に垂れたり

尽一切自己なりと説く仏教書閉じて立てれば陽の傾きぬ

跋

島田幸典

熊本は到るところで、澄んだ水の流れを目にすることのできる都市である。『水湧くところ』は、熊本在住の永良えり子さんの第一歌集である。

その地にあって現代短歌の個性的一角を担った石田比呂志が主宰した集団が「牙」である。永良さんも私も元々その会員であった。石田は平成二十三(二〇一一)年に他界し、その死をもって牙短歌会も解散したが、翌年阿木津英を編集発行人として、新たに八雁短歌会が発足した。短歌において文語とはどのような言葉か見極めたいとの思いから私もそのとき以来歴史的仮名遣を用いることとしたが、私の選歌欄に出詠するようになった永良さんも仮名遣を変更された。「八雁」掲載作から成る第一部が所謂旧仮名、「牙」時代を含めそれ以前の作品をまとめた第二部が新かなで書かれているのはそのためである。

以下、主に第一部所収の作品に触れつつ、その特徴的な主題や、永良作品の読者として感じてきたことについて述べる。

御雑煮をととのへしあとの俎板に花形人参の切れ端残る

通ひ来る鶴の一生二十年出水の人はこの子らと呼ぶ
啄木が釧路に居りしは七十余日歌碑あまたあり展示館あり

一首目は歌集の巻頭に置かれている。細やかな観察眼がうかがえるが、花形の人参そのものではなく、切りとった残りに注目したところに、作者の対象への向きあい方が現れる。距離をとって、複眼的に見ることが身についた人の作品である。

『水湧くところ』には旅に取材した作品も数多く収められているが、それらは珍しい風物をただ楽しむのではなく、心に触れてきたものを知的に――あるいは批評的に――掴みなおすという過程を経た歌である。二首目の起点には、出水（鹿児島県）に暮らす人の口から発せられた、鶴との親愛な関わりを感じさせる言葉遣いへの鋭い反応がある。じっさい〈ことば〉は、永良作品において重要なモチーフの一つである。

おほかたはスマホと書きて或るときはスマートフォンと書かるる機械
去る人へ贈る色紙に餞の言葉は下から埋められてゆく
町名は黒髪なれど大字の宇留毛《うるげ》を冠す公民館は
シャツの背に「一音入魂」の字を見せて高校生は自転車に過ぐ

われわれの生活において、言葉がどのように現れるか、どこで目に飛びこんでくるか、そこをじつに俊敏に捉えている。観念的になりそうな素材だが、「下から埋められてゆく」色紙、固有の地名を記した公民館、シャツの背中に記された高校の部活動のスローガンと、具体を的確に摑まえ、それに語らせることで、生きた言葉のありようを読者に示すことに成功している。

〈手のうちに隠るるほどの鉛筆を握りネパールの青年が学ぶ〉といった外国人留学生を詠った作品があるとおり、永良さんは熊本大学などで長年日本語講師として勤務されてきた。あたかも未知の言語として日本語に出会うかのように、その歌も言葉の新鮮な姿に触れる面白さや喜びを伝えるのである。

空《から》容器持ち避難所の列に入る列の先には水道蛇口

頻り飛ぶヘリコプターは校庭に描くＳＯＳを撮るらむ

どら焼きの餡うまかりき地震見舞贈りくるるを貪り喰ひき

トラックが震災による廃材を載せて往き来す臭ひ伴ひ

通勤のバスより見えし家解かれ湾曲したる小路あらはる

平成二十八年に発生した大地震がもたらした衝撃を記録した作品である。一変した生活や風景をさまざまな角度から、またさまざまな詠い方によって歌の言葉として、記録しようとしている。一首目は結句の名詞止めによって、被災者の列の先にある蛇口を大写しにする。三首目のように渇望を満たす喜びを、「うまかりき」「貪り喰ひき」と文語助動詞「き」の終止形を二度にわたって響かせ、直截に投げだした歌もある。五感を生かし、あるいは空間や時間を重層化させながら、眼前の現実を多角的に把握し表現する点で、「熊本地震」一七首は強く印象に残る。

この歌集の重要なモチーフをもう一つ挙げれば、両親である。〈老親の介護ひき受けたる母の読みにし本を今吾が読む〉があるとおり、第二部では老いた両親との暮らしとその観察に基づく歌が収められるのにたいして、第一部の作品ではその死をめぐる時間が詠われている。

死の間際父が託せし鯉死にき網に掬ひて庭隅に埋む
親指を隠して柩車をやり過ぐす習ひをもはや必要とせず
売る家の各所を撮すウェブサイト父母つかひ来し便器も載れり
遺されしノートの端に俳句あり夜寒に耐ふる吾が知らぬ母

母に優しく、父に厳しいという違いは感じられるが、いずれもそれぞれとの接点を見逃さず捉え、事実に即して客観描写した作品である。二首目は、親を失うとはどういうことか端的に示した歌である。三首目は、両親亡き後の実家を売る体験に取材した「青柿」から引いた。

第二部の作品の若干についても触れておこう。

素直だということは時に易きかな頭を垂れて「はい」と答うる
長酣居主人は庭に米撒いてアッシジの聖人真似ているらし
この世には未来持たざる人はなし小鉢に一文字《ひともじ》の〈ぐるぐる〉を盛る
無為徒食とぞ言わば言え吾は食う御飯に醤蝦《あみ》の佃煮載せて

二首目の「長酣居主人」は石田比呂志であり、アッシジの聖フランチェスコに喩えた点は意表を突かれるとともに微笑を誘われるが、晩年の石田がしばしば唱えた自他合一の精神にたいする理解がある。このように固有名詞を自在に取りこみ、しかも衒学的というのではなく自然に用いて、歌の言葉を多様にしているところは、永良作品の特徴である。〈ぐるぐる〉は葱を使った熊本の郷土料理。この地の風土や産物も積極的に作品にしている。一・四首目のように、印象的な自画像の歌もある。

以上は永良さんの多様な作品世界の一端にすぎず、他にも世界史的な把握や仏教への関心、身のめぐりの自然に注がれる視線など、その歌を読む切り口はさまざまある。それだけ『水湧くところ』は幅の広い、歌を読む楽しさを感じさせる歌集である。よき読者を得られんことを心より願う。

八月二十八日

あとがき

　本歌集『水湧くところ』は、歌作を始めた二〇〇〇年から二〇一九年までの二十年間の歌から三四一首をえらび二部に編んだものです。標題は水前寺公園脇を流れる藻器堀川《しょうけぼりかわ》の歌から採りました。

　第一部は、所属誌の「八雁」に掲載したものを中心に編成しました。二〇一三年から今春までの作品で、入会後より歴史的仮名遣いを用いています。

　第二部は、二〇〇〇年から二〇一〇年までのもので、現代仮名遣いで詠んでいます。冒頭の六首を除き、五年ほど在籍した牙短歌会の結社誌「牙」に載った歌で、五十代後半に作りました。牙主宰の石田（比呂志）さんからは「下手だねぇ」と言われ続けましたが、一度だけ表現が良くなったと電話を頂いたことがあります。しかしその直後に、家庭の事情で退会しました。第二部冒頭一首は、唯一の短歌綜合誌への投稿歌です。後の五首は、「もくせい」（塚本諄代表）および「水甕」に載ったもので、ここで短歌実作に初めて接しその基礎を教わりました。なぜ短歌に魅かれたかと言えば、短いなかに、時間・空間を閉じ込めることができるのがおもしろかったからでしょうか。若い頃から定型の調べがいつも体の底を流れているように感じていました。しかし、実作するのはそれからずいぶん時が経ってからです。

夫および私の双方の親たちが次々と他界したのち挽歌をもって八雁に入りました。入会当初選者である島田幸典さんの添削指導を受け、自覚して作歌の術を身に付けることを学びました。今は基本を尊重し、言葉を徹底して掘り下げるよう努力しています。今回の歌集編集に際し、島田さんには大変お忙しいなか選歌の段階から丁寧にご教示いただき、また跋文も快くお引き受け頂きました。深く感謝申し上げます。

熊本歌会では阿木津英さんにご指導いただいています。阿木津さんの鋭い洞察力によって思ってもみなかった自分を発見することがよくあります。たくさんの人との出会いを作ってくださいました。心より感謝申し上げます。熊本歌会の皆様、八雁会員の皆様、温かい励ましをいつもありがとうございます。

最後になりましたが、砂子屋書房の田村雅之様、装幀の倉本修様、お世話になりました。御礼申し上げます。

誕生日がめぐりきてあらためてこれまでの来し方を噛みしめているところです。

二〇一九年八月十五日

永良えり子

水湧くところ　永良えり子歌集

二〇一九年一〇月一七日初版発行

著　者　永良えり子
熊本県熊本市中央区国府四―七―五三（〒八六二―〇九四九）

発行者　田村雅之

発行所　砂子屋書房
東京都千代田区内神田三―四―七（〒一〇一―〇〇四七）
電話　〇三―三二五六―四七〇八　振替　〇〇一三〇―二―九七六三一
URL　http://www.sunagoya.com

組　版　はあどわあく

印　刷　長野印刷商工株式会社

製　本　渋谷文泉閣